L'AMOUR *VAINQUEUR*, OU L'HEUREUX *STRATAGÊME*,

Comédie Héroïque, en trois Actes & en Vers.

Par M. BRUTEL DE CHAMPLEVARD.

A AMSTERDAM.
Et se trouve A LYON,
Chez les FRERES PERISSE, rue Merciere.
Et A PARIS,
Chez DELALAIN, rue S. Jacques.

M. DCC. LXVII.

A MADAME

DESTOUCHES

LOBREAU,

DIRECTRICE DU SPECTACLE DE LYON.

MADAME,

C'est uniquement au mérite & au talent que je me proposai de dédier cette Piéce. Je ne puis donc m'adresser mieux qu'à vous, MADAME, qui réunissez si bien l'un & l'autre. Votre modestie souffre avec peine ce juste hommage : si vous m'en faites un crime, le Public me justifiera.

Cet Ouvrage intéresse le talent où vous faites également briller Melpomêne & les Graces : *vous avez su les fixer pour toujours. Cette fidélité de leur part, fait moins l'éloge de leur constance, que de la délicatesse de leur goût.*

Je fais un cas infini de votre suffrage, MADAME, il m'attirera celui de ces personnages auxquels le talent se doit en grande partie. Les plus illustres Auteurs anciens & modernes leur doivent une portion de leur *gloire. La brillante Gaussin mérita les éloges reconnaissants & publics du plus célebre Auteur de notre siecle (*); je désirerais, MADAME, que les miens fussent pour vous aussi flatteurs.*

Heureux si j'ai rempli mon objet, & si j'ai réussi à émouvoir, attendrir, corriger, instruire & amuser d'honnêtes gens; si j'ai entraîné avec le vôtre, les suffrages des Amateurs du Théâtre & des Lettres : c'est à cette condition seule que j'oserais me flatter de votre Approbation.

Je sais trop que le mérite seul & la vérité la peuvent

(*) M. de Voltaire, Tragédie de Zaïre, à la Gaussin.

captiver. C'eſt ſur le même fondement que j'établis le témoignage libre, volontaire & ſans fard des ſentiments les plus diſtingués, avec leſquels j'ai l'honneur d'être,

MADAME,

Votre très-humble & très-obéiſſant ſerviteur,
BR**. DE CH***.

PRÉFACE.

EN présentant au public cette piece de *Comédie héroïque*, je me suis uniquement proposé de l'amuser, par le succès d'un stratagême indispensablement nécessaire pour faire échouer un projet de mariage contraire à l'inclination du Chevalier d'Armille qui en est le héros. L'épreuve de l'erreur que la rusée Nérine exige du Baron de Grandville, se fait sur son fils même. Le déguisement de Jeannette la rend méconnaissable aux yeux du Chevalier son amant. Ce succès ne laisse plus douter la gouvernante, qu'elle ne réussisse également à tromper le Baron à la vue de Madame Alain sa fermiere déguisée, ainsi que de sa fille Jeannette que le

Baron d'ailleurs n'eſt cenſé connaître que de nom.

Ce qui favoriſe cette erreur néceſſaire, c'eſt la circonſtance de l'arrivée de la Marquiſe d'Olincourt & de ſa fille Zénobie, que le Marquis de Treſleux frere du Baron de Grandville, deſtine à ſon neveu : il vient de partir pour leur aller au devant ; elles ſont attendues à chaque inſtant.

Lafleur annonce myſtérieuſement au Chevalier l'arrivée de Zénobie, & le preſſe de la part de Nérine de la voir. Celui-ci le fait avec répugnance, il ne jette d'abord ſur elle qu'un œil indifférent, mais il apperçoit ſous le déguiſement, des traits qui le ſéduiſent, il n'eſt plus maître de ſes feux. La feinte Zénobie diſſimule & ne marque d'abord qu'un faible reſſentiment. Mais elle décharge ſon cœur dans le ſein de Nérine qui la raſſure, ainſi que Lafleur, qui a été le témoin des reproches que le Chevalier s'eſt fait à lui-même. Elle acheve de lui témoigner toute ſa douleur, lorſqu'elle s'eſt fait connaître. Le Chevalier dans l'admiration & la ſurpriſe, s'explique dans les termes les plus vifs. Jeannette revient de ſes ſoupçons, ſa colere ſe ralentit, nos deux amans s'aiment plus que jamais.

Dans le ſecond Acte, le Chevalier continue vis-à-vis de ſon pere, à feindre de la réſiſtance, l'on découvre aſſez le motif de cette politique, il ne tarde pas de ſe rendre, l'on remarque même que c'eſt avec une eſpece de jalouſie que le Baron apperçoit ſa trop prompte détermination, il eſt lui-même amoureux de Jeannette, celle-ci n'a pas lieu d'en douter, elle éprouve même un ſecret plaiſir, mais elle eſt agitée par la penſée qu'elle paſſe pour Zénobie dans l'eſprit du Baron; dont le ſentiment ſubira une révolution aſſurée, dès qu'il viendra à la reconnaître, mais tout parle pour elle, & pour le ſuccès du ſtratagême de Nérine, ainſi qu'en faveur de l'inclination du Chevalier d'Armille. L'admiration que l'aimable Jeannette excite dans le pere de ſon amant, les louanges dont il l'accable, les éloges qu'il lui prodigue ; tout ſemble préſager un triomphe complet, ce qui ſe juſtifie au mieux par l'événement.

Il ne s'agit plus que de ſemer la diviſion entre le Baron & le Marquis ſon frere, & les deux Marquiſes. Cet incident ſe réaliſe ; il a tout le ſuccès que l'on doit en attendre. Le troiſieme Acte en offre aux yeux toute la ſcene, la ſituation doit, ce ſemble, en paraître neuve, la ſurpriſe & le *qui-pro-quo* préſentent des coups de théatre & des changemens inattendus, le dénouement réſulte, ce ſemble naturellement, de toute l'intrigue de la piéce. Le conſentement du Baron, bien loin d'avoir quelque choſe de ſurprenant, il n'eſt aucun connaiſſeur qui ne dût être ſurpris d'un événement contraire.

Quelques critiques trouvent de l'analogie & de la ressemblance dans le fond de cette piece, avec le *Préjugé vaincu* & le *Consentement forcé.* Outre que je ne connais uniquement que le titre de ces deux pieces, c'est que j'ose répondre d'une différence entiere, soit pour la conduite, soit pour l'intrigue, soit même pour l'idée que le dénouement offre à l'esprit, ainsi que pour le spectacle qu'il présente aux yeux. Si le pur hazard m'avait fait rencontrer en quelque point, avec les recommandables Auteurs de l'une & de l'autre, je m'en applaudirais *in petto*, bien loin de me reprocher le plus léger *plagiat.* Je suis entiérement rassuré sur cette inquiétude. Plût au Ciel l'être autant sur les suffrages du public.

ACTEURS.

LE BARON DE GRANDVILLE.

LE MARQUIS DE TRESLEUX.

LE CHEVALIER D'ARMILLE, fils du Baron.

LA MARQUISE D'OLINCOURT, connaiſſance du Marquis.

ZENOBIE, fille de la Marquiſe deſtinée au Chevalier d'Armille.

MADAME ALAIN, fermiere du Baron.

JEANNETTE, fille de Mde. Alain, ſecrette Amante du Chevalier.

UN NOTAIRE.

NERINE, ancienne Gouvernante de la maiſon du Baron.

LAFLEUR, ancien Domeſtique du Baron, au ſervice du Chevalier.

La Scene eſt dans le Château du Baron, au village de Grandville.

L'AMOUR

L'AMOUR VAINQUEUR, OU L'HEUREUX STRATAGÊME.

ACTE PREMIER.

SCENE PREMIERE.

LE CHEVALIER. LAFLEUR.

LE CHEVALIER, *sans appercevoir Lafleur.*

L'Usage m'offre en vain des loix de bienséance,
Je romprai dès ce jour un pénible silence.
Ses rares qualités enchaînent mon ardeur ;
Jeannette est pour jamais la Reine de mon cœur.

J'ai pris plaiſir moi-même à former ſon enfance ;
En mes ſoins empreſſés pleine de confiance,
Elle ſut bientôt mettre à profit mes leçons ;
Du monde en peu de temps elle prit les façons,
Et je puis ſans riſquer, avec tout l'avantage,
La produire au grand jour. Elle a tout en partage,
Innocence, beauté, fineſſe, eſprit, vertu.....

LAFLEUR *interrompant le Chevalier.*

Monſieur !

LE CHEVALIER *bruſquement.*

Eh bien ?

LAFLEUR.

Monſieur !

LE CHEVALIER.

Que ne me parlais-tu ?

LAFLEUR.

Je vois avec effroi l'orage qui s'aprête,
Et ne doit que trop tôt fondre ſur votre tête.

LE CHEVALIER *ſurpris.*

Mais, Lafleur, mon amour aurait-il tranſpiré ?

LAFLEUR.

Je crois juſques ici ce myſtere ignoré.
(*Il prête l'oreille.*)
On vient, j'entens quelqu'un, juſtement c'eſt Nérine. (*Nérine paraît.*)

SCENE II.

LE CHEVALIER. NÉRINE. LAFLEUR.

NÉRINE *à Lafleur.*

VOle où tu sais, Lafleur ; & sur-tout examine
Qu'aucun regard fâcheux ne nuise à nos projets.

LAFLEUR.

Si mon zele suffit, répondez du succès.

NÉRINE.

J'ai donné tous mes soins. Cours. (*Lafleur sort.*)

LE CHEVALIER.

Mais . . . . quelle tempête
Se prépare en ce jour à fondre sur ma tête ?

NÉRINE.

Le danger n'est pas grand ; & l'on peut au besoin,
Pour détourner ce coup, employer quelque soin.

LE CHEVALIER.

J'adore dans Jeannette une fille accomplie.

NÉRINE *mystérieusement.*

Et que vous préférez sans doute à Zénobie ?

LE CHEVALIER *surpris.*

A Zénobie !

NÉRINE.

Eh oui . . . . la chaîne qui vous lie,
Par la main du Marquis se brise dès ce soir.
Elle n'est plus à vous. Renoncez à la voir,
Vous pouvez l'oublier . . . . .

LE CHEVALIER *étonné.*

J'oublierais tant de charmes!
Je ne la verrais plus! ô mortelles alarmes!
Le croirais-tu, Nérine! Eh, Zénobie enfin?
De grace, explique-toi sur mon nouveau destin.

NÉRINE.

Votre oncle a projeté ce brillant mariage.
Il s'agit aujourd'hui de conjurer l'orage.
Mais les moments sont chers.... profitons de l'instant,
Votre oncle doit partir pour aller au-devant;
Ce matin même il part. Sans doute il doit se rendre
Au salon du bosquet à dessein d'y attendre
La Marquise & sa Fille, & les y recevoir.
Vous sentez le motif à ce que je puis voir.

LE CHEVALIER.

Sans m'avoir consulté, d'un hymen arbitraire
Entrelacer les nœuds! le cas est téméraire.
Pourrai-je m'asservir à cette dure loi?
(*Parlant de Jeannette.*)
Non, je n'aurai jamais d'autre épouse que toi.

NÉRINE *prêtant l'oreille.*

Votre pere & votre oncle....

LE CHEVALIER.

O Dieux! quel parti prendre?

NÉRINE.

Nous hâter de sortir, & même sans attendre.
(*Le Chevalier sort. Nérine se cache dans la coulisse.*)

SCENE III.

LE MARQUIS. LE BARON. NÉRINE.

LE MARQUIS.

MOn frere! il faut qu'un fils ſoutienne notre nom.

LE BARON.

Oui, je ſens la valeur d'une telle leçon.

LE MARQUIS.

Mon frere! il faut ſur-tout qu'une noble alliance
Soutienne la grandeur d'une illuſtre naiſſance.
Il faut que les tréſors ſoient le sûr fondement
D'un hymen établi ſur le vrai ſentiment.
La nobleſſe, le rang, la ſolide opulence
Sont du nœud conjugal la principale eſſence.

NÉRINE *à part dans la couliſſe.*

Le mérite, les mœurs, les vertus, les appas,
Sont de trop faibles biens, & l'on en parle pas.
Ils ſont trop au-deſſous.....

LAFLEUR *empreſſé, au Marquis.*

Monſieur, votre équipage
Attend là-bas. Vos gens m'ont chargé du meſſage.
(*Lafleur ſe retire.*)

LE BARON.

Il faut partir; mon frere, on ſuivra vos avis.
(*Ils ſortent.*)

SCENE IV.

NÉRINE. LAFLEUR.

LAFLEUR.

JE me ſuis acquitté. Vos ordres ſont remplis.
Tout eſt au mieux, Nérine, & Jeannette eſt à
peindre.

NÉRINE.

Dis-moi ton ſentiment, là, parle-moi ſans feindre.
J'ai fait tout de mon mieux. Pour les ajuſtements
Je n'ai rien épargné.....

LAFLEUR.

Sous ces déguiſements
Je crains que le Baron ne vienne à les connaître.
Pourrait-il s'y tromper ?

NÉRINE.

Tu veux rire peut-être.
Sous un voile inconnu ſe montrant toutes deux,
Sans doute il eſt aiſé d'en impoſer aux yeux.
Et je prétens de plus qu'en ſa ſurpriſe extrême
L'amoureux Chevalier y ſoit trompé lui-même.

LAFLEUR *ſurpris.*

Le Chevalier !

NÉRINE *prêtant l'oreille.*

On vient..... (*Lafleur ſort.*)

SCENE V.

LE CHEVALIER. NÉRINE.

LE CHEVALIER.

Mon pere en ce moment
Demande à me parler dans ſon appartement.
Mais mon oncle.... & d'ailleurs la fâcheuſe entrevue....

NÉRINE.

Expliquez-vous, montrez votre ame toute-nue.
Vous me ſemblez gêné.... qui peut donc vous troubler ?
Vous adorez Jeannette, & vous oſez trembler !

LE CHEVALIER.

Du tout.

NÉRINE.

Mais dites-moi, parlez en confidence.
Avouez nettement, ſi quelque reſſemblance
Des traits de Zénobie à vos yeux expoſés
Avec ceux de Jeannette à vos yeux préſentés
Ne balancerait point entr'elles la victoire ?
Etre ferme en amour, il y va de la gloire.

LE CHEVALIER *piqué.*

Former ſur ma conſtance un ſoupçon odieux,
Ce doute eſt pour mon cœur un doute injurieux.

NÉRINE.

Eh bien, je me condamne & je vous rends justice.

LAFLEUR *empressé.*

Votre pere, Monsieur, veut qu'on vous avertisse.

LE CHEVALIER.

Allons..... (*Le Chevalier sort.*)

SCENE VI.

NÉRINE. LAFLEUR.

NÉRINE.

Tout réussit au gré de nos desirs;
La bonne Dame Alain?

LAFLEUR.

S'enyvre de plaisirs.

NÉRINE.

Sous ce déguisement a-t-on d'une Marquise
Les airs grands & pompeux, sera-t-elle de mise?
A-t-on ce ton de voix, ce regard suffisant?
Sur-tout ce maintien fier, & cet œil imposant?
De Jeannette fais-moi la peinture fidelle.

LAFLEUR.

Si je peignais l'amour, elle en est le modele.

NÉRINE.

Que je la voie ! & cours au bas de l'escalier
Prévenir en sortant le constant Chevalier.
D'un air mystérieux annonce Zénobie.
Fais-lui de son portrait une adroite copie.
Dis-lui que de Jeannette elle a beaucoup des airs.
Peins-lui de sa beauté tous les charmes divers ;
Qu'aveque la Marquise à l'instant arrivée,
Le Marquis se prépare à faire leur entrée.
Je t'en ai dit assez, pars, & que dans un moment
Je voie ici paraître & l'amante & l'amant.
Que tous les deux instruits par les soins de Nérine,
A son but aussi-tôt l'affaire s'achemine.....

LAFLEUR.

Je vais exécuter vos ordres absolus.

NÉRINE.

Si ton zele est ardent, tes soins seront connus.

LAFLEUR *sortant.*

Je vais tout de ce pas vous envoyer Jeannette.

NÉRINE *parlant du Chevalier.*

Si nous trompons ses yeux notre affaire est complette.

SCENE VII.

JEANNETTE *déguisée.* NÉRINE. LAFLEUR.

NÉRINE *avec surprise, voyant Jeannette.*

AU gré de nos souhaits, oui, tout doit réussir.
(*à Lafleur.*)
Mais, Lafleur, sur tes pas qui te fait revenir ?

LAFLEUR *parlant du Chevalier.*

Peut-être est-il encor long-temps avec son pere.
Si d'ailleurs il prenait quelque parti contraire,
Ou bien de Zénobie évitant les regards,
S'il craignait d'en courir les dangereux hazards;
Toute son ame enfin de Jeannette est remplie...;
Oui, je prévois sa crainte, il fuira Zénobie.

NERINE.

L'adresse est de piquer sa curiosité,
De vaincre ses refus par ton habileté.

LAFLEUR.

S'il ne tient qu'à mes soins bientôt il va paraître.
(*Lafleur sort.*)

NERINE *à Jeannette.*

Gardez soigneusement de vous faire connaître,
Changez le son de voix, & sur-tout que vos yeux
S'ouvrent très-faiblement à son cœur amoureux.

Il s'agit par les ſiens d'éprouver ceux du pere.
S'il vient à diſtinguer les traits de votre mere,
Nous perdons tous le fruit de ces déguiſements,
Et voyons ſans ſuccès tous nos empreſſements.
L'heureuſe iſſue enfin d'une erreur néceſſaire
Nous fera décider de celle de l'affaire. . . .

JEANNETTE *inquiette.*

Je ne puis dire, hélas! tout ce que je reſſens,
Où la crainte ou l'amour agitent tous mes ſens;
Mon eſprit ſe confond & mon amie ravie. . . .

NERINE *l'interrompant.*

Feignez; il faut ici paſſer pour Zénobie.
Il en faut imiter & les airs & le ton,
Nous exercer enfin à tromper le Baron.

(*Nérine lui fait obſerver les attitudes.*)

Un front orgueilleux . . . bien . . . un œil d'indifférence,
Un parler languiſſant . . . certaine nonchalance
Dans le maintien . . . ſur-tout beaucoup d'affectation . . . .
Que tout reſpire en vous l'air de condition. . . .

LAFLEUR *empreſſé.*

J'ai ſu gagner ſur lui . . . . mon maître eſt à ma ſuite.
Dans l'inſtant . . . . . .

NERINE *à Jeannette.*

Gardez-vous de paraître interdite.

(*Le Chevalier paraît.*)

SCENE VIII.

LE CHEVALIER. JEANNETTE *crue Zénobie.* NERINE. LAFLEUR.

NERINE *au Chevalier.*

REconnaiſſez l'eſquiſſe à ce premier aſpect.
(*Le Chevalier paraît indifférent.*)
Parlez, que ſentez-vous ?

LE CHEVALIER *ſurpris.*

Un ſincere reſpect.

NERINE.

Mais ce reſpect tout ſeul ne ſaurait ſatisfaire.

LE CHEVALIER *à part, dans l'admiration.*

Que ne puis-je l'aimer, que ne puis-je lui plaire!
(*haut.*)
Elle a droit à l'amour même des immortels ;
Tant de charmes divins méritent des Autels.
Que ne ſuis-je !

JEANNETTE *piquée.*

Monſieur ! je ſuis trop peu connue.

LE CHEVALIER *ſerrant la main de Jeannette.*

L'amour naît de vos yeux à la premiere vue.

NERINE *bas à Jeannette.*

Obſervezr de ſon cœu le ſenſible embarras.

(*haut.*) (*au Chevalier.*)

Sortons ... mais gardez-vous d'accompagner nos pas.

Il eſt temps de nous rendre auprès de la Marquiſe.

LE CHEVALIER *ſerrant la main de Jeannette.*

Des feux les plus ſubits, je ſens mon ame épriſe.
Je ſens de vos appas les traits victorieux,
Et ne puis plus long-temps réſiſter à vos yeux.

JEANNETTE *retirant la main.*

Mais je ne croyais pas d'un cœur qui m'intéreſſe,
Dès le premier abord captiver la tendreſſe.

(*Jeannette ſort avec Nérine.*)

LE CHEVALIER.

C'eſt trop-tôt terminer un ſi doux entretien....

(*Lafleur ſe cache dans une couliſſe.*)

SCENE IX.

LE CHEVALIER. LAFLEUR.

LE CHEVALIER *ſeul.*

GRands Dieux! vous le voyez, quel état eſt le mien!

(*Il ſe promene d'un bout à l'autre du théâtre.*)

Fallait-il à mes yeux préſenter Zénobie?
Cruels! vous m'arrachez le repos & la vie.

(*On s'apperçoit que Lafleur l'obſerve.*)

Tous mes ſens ſont troublés. Dieux ! quels traits ai-je vu ?
Ses charmes ſéducteurs, où les ai-je connu ?
Jeannette, chere amante ! ah ! punis un parjure.
Venge-toi, cher objet, d'une auſſi noire injure.
(*Il eſt un inſtant ſans parler.*)
Je ne me connais pas .... quel combat dans mon cœur !
Dans mes ſens agités, quelle affreuſe rumeur !
Quel tumulte confus ſe paſſe dans mon ame,
Auprès de la beauté qui me trouble & m'enflamme !
Quoi ! dans le même objet, & la fuite & l'amour,
Pour me déchirer mieux combattent tour à tour.
Je redoute en mon cœur des charmes que j'adore ;
Voilés ſous les attraits d'un objet que j'ignore.
Dans Zénobie enfin je trouve les appas
D'une amante trop chere & ne la trouve pas.
De l'infidélité Jeannette eſt la victime.
Tout me reproche, hélas, la noirceur de mon crime.
Quel état eſt le mien ? qui peut me reſſembler ?
(*à Lafleur qui paraît.*)
Lafleur, eh bien, Lafleur, viens-tu pour m'accabler ?
Tout m'inquiéte, tout me trouble & m'aſſaſſine,
Tous tes ſoins ſont perdus. Eh, que dira Nérine ?

Ma Jeannette sur-tout, eh, que diras-tu toi ?

LAFLEUR.

Mais, Monsieur, c'est Jeannette.

LE CHEVALIER.

Ah ! Lafleur, laisse-moi.

LAFLEUR.

Mais d'où vient tant d'allarme & tant d'inquiétude ?

LE CHEVALIER.

Viens-tu mettre le comble à ma sollicitude ?
Laisse-moi, qu'à longs traits j'avale le poison....
Puisse-t-il terminer mes jours.....

LAFLEUR.

Quelle raison ?
Vous ne fûtes jamais plus heureux de la vie.

LE CHEVALIER.

Sacrifier Jeannette aux traits de Zénobie !

LAFLEUR.

Ne vous allarmez plus, sortez de votre erreur.

LE CHEVALIER.

O comble d'amertume ! ô mortelle douleur !
Ingrat... je le mérite... oui, barbare, perfide,
Qu'elle éclate en fureur contre un lâche homicide.

LAFLEUR.

On vient, soyez discret....

LE CHEVALIER.

O trop mortels ennuis !

(à Lafleur, qui rit de son erreur.)

Le barbare ! insulter à l'état où je suis. . . . . ?

SCENE X.

JEANNETTE *crue Zénobie.* LE CHEVALIER. LAFLEUR.

JEANNETTE.

NOus perdons des instants que ma flamme regrette.

(Elle présente un anneau, où est le portrait du Chevalier.)

Du moins à cet anneau reconnaissez Jeannette.

Connaissez ce portrait, gage de votre foi.

LE CHEVALIER *surpris, à Lafleur.*

Cher Lafleur, je me perds, est-ce un rêve, dis-moi. *(il se frotte les yeux.)*

(à Jeannette.)

Jeannette ! permettez que l'excès de ma joie
Par mille embrassements à vos pieds se déploie.

(il tombe aux genoux de Jeannette.)

Souffrez que mon bonheur éclate à vos genoux ;
Qu'avons-nous à risquer si l'amour est pour nous ?
C'est l'amour qui nous sert, je connais son ouvrage.
Oui, nous avons tous deux ses faveurs en partage.
L'amour fut l'inventeur de ces déguisements,
Il se plaît à servir les fideles amants.

SCENE

SCENE XI.

JEANNETTE. LE CHEVALIER. NÉRINE. LAFLEUR.

NÉRINE *au Chevalier.*

REndez-vous ſans retard auprès de votre pere,
Affectez devant lui d'ignorer le myſtere
Qui vient de s'éclaircir à vos yeux deſſillés,
La victoire eſt à nous ſi les ſiens ſont trompés.
Nous mettrons à profit une heureuſe ſurpriſe.

LE CHEVALIER.

Ils n'arrivent donc pas ?

NÉRINE.

Votre Oncle & la Marquiſe,
Ainſi que Zénobie, encore loin de ces lieux,
Ne ſont point juſqu'ici découverts à nos yeux.
On veille inceſſamment.

LE CHEVALIER *à Jeannette.*

Ah, daignez, chere amante,
Daignez me pardonner une erreur innocente.
Excuſez tous mes feux ... par vous ſeule allumés,
Aigriraient-ils long-temps vos eſprits allarmés ?
Oui, Jeannette excita la flamme criminelle,
Dont je ne fus atteint pour autre que pour elle.

Vos charmes trop puissants avaient séduits mes yeux.....
Ah, plutôt ménageons des instants précieux.
Des moments destinés à la plus douce ivresse
Seraient-ils obscurcis par la noire tristesse ?

NÉRINE *au Chevalier, qui a fait quelques pas pour sortir.*

Allez, ignorez tout.... par la docilité
Disposez le Baron à la crédulité,
Résistez prudemment & sauvez l'apparence....
D'un pere toutefois respectez la présence.

(Le Chevalier sort.)

JEANNETTE *à Nérine.*

Chaque fois que sa main osait presser ma main
Hélas, il me portait le poignard dans le sein.
Si le sort me poursuit, à quoi dois-je m'attendre ?

NÉRINE.

A ne trouver dans lui que l'amant le plus tendre.

JEANNETTE.

J'ai vu son cœur épris d'illégitimes feux.

NÉRINE.

Les feux dont il brûla sont partis de vos yeux.

JEANNETTE *s'essuyant les yeux.*

L'aurait-il oublié ? dès ma tendre jeunesse
Il a su captiver ma premiere tendresse.
Ses yeux prenaient plaisir à rencontrer les miens,

Hélas, je rougiſſais de rencontrer les ſiens.
Je me fais de le voir une douce habitude.
Je ne ſens loin de lui que de l'inquiétude.
Je brûle inceſſamment d'une ſecrette ardeur;
A lui plaire, à l'aimer, je borne mon bonheur.
Sous nos doigts en tout tems la terre offre des roſes.
Chaque jour ſous nos pas nouvelles fleurs écloſes.
Les yeux des ſurveillants irritent nos deſirs,
Et l'amour à grands flots nous verſe les plaiſirs.

LAFLEUR.

Je ſuis témoin. J'ai vu ſon ame toute entiere.

NÉRINE *à Jeannette.*

Sortons, repoſez-vous ſur notre miniſtere.

(*Ils ſortent.*)

Fin du premier Acte.

ACTE II.

SCENE PREMIERE.

LE BARON. LE CHEVALIER. LAFLEUR *dans une couliſſe.*

LE BARON.

JE ne vois plus, mon fils, ce vif empreſſement.

LE CHEVALIER.

Même amour, même zele, & même attachement.
Vous me verrez toujours ſoumis, tendre, facile.

LE BARON.

Pourquoi dans cet hymen vous montrer indocile?
Rejetter à la fois la naiſſance & le bien,
Tout celui de votre Oncle, & peut-être le mien.
Sachez que refuſer un parti de la ſorte,
Du ſolide bonheur c'eſt vous fermer la porte.

SCENE II.

LE BARON. LE CHEVALIER. NÉRINE.

NÉRINE, *empressée.*

J'Ai mis pour arranger tous mes soins assidus.

LE BARON.

Par-tout de Zénobie on vente les vertus.

NÉRINE, *après un instant de silence.*

Dans les femmes sur-tout les vertus sont bien cheres.

LE BARON *piqué.*

Nous pouvons nous passer de vos avis contraires.

NÉRINE.

La vertueuse Elvire est pleine de hauteur ;
De la sage Clélie on déteste l'humeur ;
La dépense d'Orphise en tout est excessive ;
La prude Célimene en tout temps est oisive ;
La chaste Iris est fiere, on ne peut la souffrir ;
Et le faste d'Eglé ne se peut soutenir.
O fâcheuses vertus !

LE CHEVALIER.

Je vous l'ai dit, mon pere !
Et de mes sentiments je ne fais point mystere.
Si l'hymen a pour moi jamais quelque douceur,
Il faut que son flambeau s'éclaire dans mon cœur ;

Et que ce même feu né de l'œil qui m'enflamme
Par sa propre vertu s'insinue en mon ame.
Que d'un aimable objet le charme séducteur,
Me procure à le voir un plaisir enchanteur.
Que les simples appas enfants de l'innocence,
Réveillant de l'amour la divine puissance,
Fassent luire à mon cœur sans le secours de l'art
Des attraits tout naïfs, sans parure & sans fard.

NÉRINE.

Dans ce siecle on n'a plus tant de délicatesse,
On cherche le solide on veut de la richesse,
Du crédit & du rang....

LE BARON.

C'est la félicité
Qui nous flate aujourd'hui.

LE CHEVALIER.

Ce trésor tant venté
N'a point d'attrait pour moi.

LE BARON.

Peut-être Zénobie
De votre heureux portrait est-elle une copie.
Peut-être en ses beaux yeux amour aura puisé
Ce feu dont votre cœur peut seul être embrasé.
Peut-être y verrez-vous briller cette innocence
Qui sémble être l'objet de votre complaisance.
Cette aimable candeur & ses naïfs attraits,
Ainsi que ces appas simples & sans apprêts.

LAFLEUR *empressé au Baron.*

Ces Dames sont ici, le Marquis votre frere
Arrivera bien-tôt avec le Notaire.
Je ne découvris rien jamais de plus charmant.
C'est de ces minois fins, un œil insinuant.
Comme je puis juger la mere est peu traitable,
Mais si j'en crois mes yeux, la fille est adorable.

LE BARON *au Chevalier.*

Comment les verrez-vous ?

LE CHEVALIER *affectant l'indifférent.*

Comme je dois les voir.

LE BARON.

Si ce n'est par amour, faites-le par devoir.

LE CHEVALIER.

Votre fils en ce point ne cherche qu'à vous plaire.

LE BARON.

Gardez-vous de montrer un sentiment contraire.
De vos cruels refus je sens mon cœur frémir.
Allons! . . . . .

(*Mde. Alain & Jeannette déguisées entrent.*)

SCENE III.

LE BARON. LE CHEVALIER. Mde. ALAIN, JEANNETTE *déguisées.* NÉRINE. LAFLEUR.

LE BARON *à Mde. Alain.*

(On fait de part & d'autre de profonds saluts.)

C'Etait à nous, Madame, à prévenir.

Mde. ALAIN *le visage enfoncé & changeant le son de voi.*

Messieurs! nous arrivons.

(Les révérences de Mde. Alain sont gauches & gênées.)

LE BARON.

Agréez notre hommage.
Le ciel nous ménageait un si doux avantage.
(Il fixe la feinte Zénobie.)
Nous voyons à la fois tous les biens réunis,
(montrant la feinte Zénobie.)
Politesse, candeur, & des traits accomplis.
(Il fixe Mde. Alain.)
Trop heureuse la main qui se voit destinée
A semer les vertus dans une ame bien née.
De l'éducation les trésors précieux
Eclatent sur son front & brillent dans ses yeux.
(Il fixe Jeannette.)
J'y vois un naturel délicat & sensible,

Un caractere tendre, un esprit doux, paisible.
Je vois un cœur tout neuf... qui vivra sous ses loix, *(Il fixe le Chevalier.)*
Goûtera du bonheur tous les biens à la fois.

LE CHEVALIER.

C'est, mon pere, à vos soins que j'en suis redevable.

LE BARON.

Votre Oncle nous allie à cet objet aimable.

LE CHEVALIER *se montrant plus empressé.*

Je suis peu digne, hélas ! d'une telle faveur,
Et que je crois si fort au-dessus de mon cœur.

JEANNETTE *modestement.*

La faveur est pour nous.....

LE BARON.

A cette modestie,
Reconnaissez, mon fils, l'aimable Zénobie.

Mde. ALAIN.

D'un penchant naturel le doux & tendre effort
Saura l'accoutumer aux devoirs de son sort.
Vous la voyez, hélas, au berceau de son âge,
Lui parler d'un époux, c'est tenir un langage
Où l'oreille ne peut encor s'accoutumer,
Mais l'usage & le temps sauront bien la former.

LE BARON.

Je ne pénétre point dans le fond de son ame,
Mais sur cet heureux front on entrevoit, Madame,

D'un mérite accompli le germe précieux ;
(*Il fixe le Chevalier.*)
Mon fils ! tout vous promet un ſort délicieux.

LE CHEVALIER *affectant le ſoumis.*

Mon pere, je bénis l'heureuſe deſtinée
Qui me flate aujourd'hui d'un ſi doux hymenée.
Ce jour ſera pour moi le jour le plus heureux.

LE BARON *diſtrait.*

Ce jour..... Cet heureux jour...... comblera tous mes vœux.

NÉRINE *avec précipitation.*

Après le dur travail d'une pénible route,
Ces Dames volontiers repoſeraient ſans doute.
Eveillées d'ailleurs avant l'aube du jour,
De Monſieur de Treſleux attendant le retour,
Dans leur appartement elles peuvent ſe rendre ;
J'ai pris pour arranger tous les ſoins qu'on doit prendre ;
L'agréable & l'utile ... en un mot tout eſt bien.

LE BARON *fixant Jeannette.*

On termine à regret un ſi doux entretien.....

Mde. ALAIN *s'inclinant.*

C'eſt trop nous honorer,

NÉRINE.

Leur ſanté vous eſt chere.

LE BARON.

Plus que la mienne propre... Il paraît que mon frere
Pour ainsi différer a de grandes raisons...
Il faut céder au temps... mon fils accompagnons
Ces Dames.... *(Le Baron & le Chevalier prennent Mde. Alain & Jeannette par la main.)*

Mde. ALAIN *à Jeannette montrant le Chevalier.*

A Monsieur donnez la main, ma fille.
(Jeannette fait quelques difficultés.)
Vous pouvez vous montrer un peu moins difficile,
Répondre à son ardeur... C'est un futur époux...
(Tous sortent.) *(Lafleur reste seul.)*

SCENE IV.

LAFLEUR *seul.*

DU plus heureux destin voici les heureux coups.
Tout répond à nos vœux... C'est là sur ma parole
Avoir su proprement s'acquitter de son role
L'affaire jusqu'ici réussit pour le mieux.
Nous ne pouvions attendre un succès plus heureux.
Nérine ne pouvait plus adroitement feindre.
L'état du Chevalier ne saurait se dépeindre.

Peut-on plus leſtement gober le hameçon ?
Dans nos filets enfin nous tenons le Baron.
(*Il entend quelqu'un.*)
Paix. . . .

SCENE V.

LE BARON. LE CHEVALIER.
LAFLEUR *dans la couliſſe.*

LE BARON *diſtrait au Chevalier.*

VOus ne montrez plus un cœur irréſolu:
Ses yeux ont pris ſur vous un empire abſolu.
Que penſez-vous, mon fils, parlez de Zenobie ?

LE CHEVALIER.

Qu'elle eſt en tout, mon pere, une fille accomplie.
Que je ſoupire après le moment fortuné
De me voir pour la vie à ſon char enchaîné.

LE BARON *à part.*

Dieux! quel trouble ſecret m'agite & m'inquiette? *
Que plutôt mille fois ma langue ſoit muette!
(*haut au Chevalier.*)
Ouvrez-vous donc, mon fils, achevez d'éclaircir...
(*On apperçoit Lafleur dans la couliſſe, ſurpris & étonné.*)

LE CHEVALIER *affectant le diſtrait.*

Mon oncle en ſes projets a trop ſu réuſſir.

* *Ce vers annonce que le Baron eſt amoureux de Jeannette.*

(Il reste en silence, & affecte une profonde distraction.)

Non, je ne t'aimai pas, puisque je te préfére
Les appas tous récents d'une fille étrangere.
J'abandonne Jeannette ... Amour sur tes autels,
Oui, j'avais prononcé des serments solemnels ...
Sois à jamais pour moi cruel, inexorable,
Si j'ai pu violer un serment redoutable ...

LE BARON *surpris.*

Quelle est cette Jeannette? eh que m'avez-vous dit?
Quelle démence enfin occupe votre esprit?
Mais... vous m'éclaircirez un doute qui m'agite...

LE CHEVALIER *comme revenant à lui.*

Pardonnez cette erreur à mon ame interdite;
Elle est un juste effet du secret ascendant
Que sur moi Zénobie a pris en la voyant....

LE BARON.

Rarement l'apparence est-elle démentie,
Tout semble se soumettre aux loix de Zénobie.
De ses divins appas les charmes séducteurs
D'inévitables traits pénétrent tous les cœurs.
Autant qu'elle me plaît... puisse-t-elle vous plaire;
Oui, je mourrai content... mais d'où vient que mon frere *(au Chev. d'un œil distrait.)*
Retarde si long-temps? Mon fils réfléchissez.
Je retourne dans peu .... consultez-vous, pensez.

Hola ! quelqu'un . . . .

LAFLEUR *sortant de la coulisse.*

Monsieur !

LE BARON.

Suivez . . . .

LE CHEVALIER *à Lafleur.*

Suivez mon pere. . . .

(Lafleur sort.)

Le Ciel prolonge encor un retard salutaire.

SCENE VI.

JEANNETTE. LE CHEVALIER.

(Jeannette s'essuye les yeux.)

LE CHEVALIER.

Pourquoi de ces beaux yeux vois-je couler des pleurs ?
Et quel nouveau sujet réveille vos douleurs ?

JEANNETTE.

Ce moment voit peut-être arriver Zénobie
Pour m'ôter à la fois votre cœur & la vie.

LE CHEVALIER.

Si par un sort fatal Zénobie en ce jour
A su pour un instant balancer mon amour,
(O source intarissable & de pleurs & d'allarmes !)

Vous le ſavez Jeannette ! elle emprunta vos charmes.
Vous verrez mon amour dans ſa vivacité,
Vos yeux ſeront témoins de ma fidélité.
Craignez-vous qu'un objet puiſſe jamais ſéduire
Un amant tel que moi ? qui vit, qui ne reſpire
Que pour vous ſeule, & dont les vœux les plus preſſants,
Sont d'unir à vos feux les feux les plus ardents.
Vous ne devez rien craindre, un riche diadême
Ne les peut affaiblir....

JEANNETTE.

On craint tout quand on aime.
De Zénobie enfin la naiſſance & l'éclat
Me font appréhender de vous trouver ingrat.
De vos feux inconſtants l'épreuve trop fatale
Intimide mon ame aux yeux d'une rivale.
De ma faible beauté les charmes confondus
Offerts ſans le ſavoir à vos regards déçus,
N'autoriſent que trop la juſte jalouſie
Que mon cœur allarmé conçoit pour Zénobie....
Je ſens toute l'horreur du plus cruel dépit.
Le déſeſpoir, la crainte occupent mon eſprit.

LE CHEVALIER *d'un ton entrecoupé.*

Après tous les ſerments que je viens de vous faire,
Douter de mon amour c'eſt être téméraire.

JEANNETTE.

On ne vit donc jamais un amant criminel ?

LE CHEVALIER.

Jeannette dans vos yeux l'amour eſt immortel.

JEANNETTE.

D'autres yeux que les miens ſauraient-ils vous ſéduire ?
Un ſi funeſte jour, Dieux ! pourrait-il me luire ?
Que plutôt mille fois une éternelle nuit
Me couvre de ſon ombre.....

LE CHEVALIER.

Où me vois-je réduit ?
Vos funeſtes ſoupçons en veulent à ma vie.
(*Il porte la main ſur la poignée de ſon épée.*)
Puiſſe plutôt ce glaive.... ô rigueur ennemie !
Prenez, percez ce cœur qui n'eſt ſoumis qu'à vous.
Frappez, je l'abandonne aux rigueurs de vos coups.
(*Jeannette fixe le Chevalier tendrement.*)
Eh quoi ! pour me punir vous voulez que je vive.

JEANNETTE *à part.*

Non, je ne croyais pas ſa douleur auſſi vive.
(*haut.*)
Il ſuffit, je renonce à des ſoins ſuperflus.
Oui, j'en crois votre ardeur, & mon cœur encor plus.
Mais enfin vous voulez par un prompt hymenée,

De

De l'amour entre nous établir la durée ;

Je connais peu ses loix ; ... mais je sens dans mon cœur

Le principe assuré d'une éternelle ardeur.

Sous les loix de l'hymen ne devons-nous point craindre

Que loin de l'enflammer, il ne vienne à l'éteindre ?

Un si cruel danger m'allarme incessamment.

Dites, si l'on peut vivre Epoux & tendre Amant ?

Jadis par sa chaleur ce flambeau si célebre,

Au siecle où nous vivons n'est qu'un flambeau funebre,

Qui n'éclaire, dit-on, que pleurs, que repentirs,

Et les trop longs regrets des trop faibles plaisirs,

Le désespoir amer & la mortelle peine

D'avoir été soi-même artiste de sa chaîne ;

A sa lueur obscure Amour vient s'assoupir ;

Heureux s'il ne faisait, hélas ! que s'endormir.

Il s'éteint trop souvent, trop souvent il expire,

Ou se change en fureur, son sort est encor pire.

(*avec affection.*)

Nous vivions satisfaits ... souvenir précieux !

Des jours que le Ciel même accordait à nos vœux.

LE CHEVALIER.

L'hymen n'a des dangers que pour ces basses ames,

Dont l'intérêt sordide ose allumer les flammes.

Quand les soins de l'amour resserrent ce lien,
Deux Epoux dans l'hymen trouvent l'unique bien.

LAFLEUR *avec précipitation à Jeannette.*

Le Baron suit mes pas, ... Sortez sans plus attendre, (*Jeannette sort.*)

SCENE VII.

LE BARON. LE CHEVALIER. LAFLEUR.

LE BARON.

MAis d'où vient ce retard ? Je ne le puis comprendre,
(*au Chevalier.*)
Mon fils ! as-tu regret de m'avoir résisté ?
Conçois-tu ma tendresse ainsi que ma bonté ?
(*avec abstraction.*)
Reconnais-tu surtout le prix du sacrifice ?
(*revenu à lui.*)
Ton cœur à nos désirs se montre enfin propice,
Comble-moi de bonheur par de si doux aveux,
Des peres fortunés rends-moi le plus heureux.
(*l'œil abstrait.*)
Aimes-tu Zénobie ?

LE CHEVALIER.

Eh, qui peut s'en défendre ?
Tous les cœurs à ses loix sont forcés de se rendre.

LE BARON.

(*à part.*) (*haut.*)
Feignons ;.... Oui, cet aveu nous comble de douceurs,
Et tu verſes, mon Fils, le plaiſir dans nos cœurs.
Mon frere dans mes yeux où la joie étincelle,
D'un ſuccès ſi propice apprendra la nouvelle.
Je remonte chez moi. Puiſſe un heureux deſtin
Procurer à ce jour la plus heureuſe fin.

(*le Baron ſort.*)

LAFLEUR *ſortant de la couliſſe, bas au Chevalier.*

L'équipage s'approche, on vient en diligence,
Nous aurons dans l'inſtant l'honneur de leur préſence. (*Lafleur ſort.*)

LE CHEVALIER *ſeul.*

Mes refus me rendront criminel à leurs yeux ;
Mais mon crime eſt celui d'un Amant généreux,
Que le trompeur éclat d'une gloire commune
Ne ſait point éblouir non plus que la fortune,
Qui ſe pique ſur-tout de brûler conſtamment,
Et quand il aime enfin, aime par ſentiment.

SCENE VIII.

LE CHEVALIER. JEANNETTE. NÉRINE.

JEANNETTE.

NOus venons, cher Amant, annoncer ma rivale ;
Mes yeux l'ont vue enfin. Si votre amour égale
Ce que je ſens pour vous, non, je ne riſque rien ;
Mais je crains ſon éclat, ſa naiſſance & ſon bien.

LE CHEVALIER.

Après tous mes ſerments que je vous réïtere.

JEANNETTE.

D'un pere furieux je prévois la colere ;
Je fus juſques ici l'objet de ſon erreur,
Peut-être même encor celui de ſon ardeur.
Toutefois dans mes yeux il aime Zénobie,
S'il ne voit que Jeannette, eh, Jeannette eſt haïe.

NÉRINE *montrant le Chevalier.*

Je réponds de ſon cœur.....

JEANNETTE *montrant un cabinet.*

De ce réduit ſecret
Je vais tout obſerver, j'attendrai mon arrêt.
Un ſeul de vos regards jetté ſur l'Etrangere,
M'apportera la vie ou mon heure derniere.
Vous connaiſſez où va ma ſenſibilité,
D'un amour en courroux craignez la cruauté.

(*Elle porte la main sur la poignée de l'épée du Chevalier.*)

Ce glaive, oui, ce glaive, en ma fureur jalouse,
Pourrait percer l'Amante en poignardant l'Epouse.

LE CHEVALIER *étonné.*

Mais. . . . :

JEANNETTE.

Je le dis encore, un instant malheureux
Peut nous voir à vos pieds expirer toutes deux.

LAFLEUR *empressé au Chevalier.*

Votre Oncle en veut à vous. . . .

NÉRINE *au Chevalier.*

(*à Jeannette.*)

Sortez. Allons Jeannette;

(*à Lafleur.*)

Et toi près du Baron tiens la chose secrette.

(*Tous sortent.*)

Fin du second Acte.

ACTE III.

SCENE PREMIERE.

LE CHEVALIER. NÉRINE. LAFLEUR.

LE CHEVALIER *à Nérine.*

OUï, vous pouvez tous deux vous reposer sur moi,
Ainsi que j'ai compté sur Lafleur & sur toi.
Je promets de tout faire .... & si mon Pere accuse
Vos soins officieux, je serai votre excuse.
Pensez qu'un cœur bien fait, & sur-tout amoureux,
Envers ses confidents fut toujours généreux.
J'entens venir, je cours au-devant de mon Pere,

(Il sort. ... & revient sur ses pas.)

Dans les habillements plus sur-tout de mystere....

(Il s'en va.)

SCENE II.

LE MARQUIS. LA MARQUISE. ZÉNOBIE. LE NOTAIRE. NÉRINE. LAFLEUR.

LE MARQUIS *inquiet.*

MOn frere ne vient point .... Eh, mon premier devoir
Fut au premier instant de lui faire savoir
De ces Dames sur-tout, la pressante arrivée.
Son fils doit être instruit de l'heureux hymenée
Que nous devons conclure avant la fin du jour;
Sans doute ils auraient dû prévenir mon retour.
Eh, pourquoi retarder un projet d'importance?
Dont ils doivent tous deux sentir la conséquence.
Vole aussi-tôt, Lafleur, dis-leur qu'on les attend,
Que mon Neveu sur-tout se rende incessamment.
C'est bien par ces façons qu'on réussit à plaire.
(*à Nérine.*)
Qu'on dispose une table pour Monsieur le Notaire.
(*au Notaire.*)
Approchez-vous.....

LE NOTAIRE *brusquement.*

très-bien, ne perdons pas du temps.
Nous sommes obligés de compter nos moments,
Tout le public a droit à notre ministere.

NÉRINE *au Notaire.*

Tout bellement, Monsieur, modérez la colere,
Nous allons obéir, mais donnez un instant.

(*Elle avance la table.*)

LE NOTAIRE.

On me presse là-bas pour faire un Testament,
Le malade aux abois, presque sans connaissance,
Pour tester & mourir n'attend que ma présence...

NÉRINE.

S'il n'est pas mort encor il peut bien différer.

LE NOTAIRE.

Mais son gendre a fixé l'heure pour l'enterrer.
Si peut-être il allait prolonger sa carriere,
L'on m'en ferait reproche, & puis pour mon salaire
Il me faudrait plaider......

NÉRINE.

Le cas est singulier;
Mais le mal n'est pas grand; car pour l'expédier
Avec le Médecin le gendre peut s'entendre,
Il n'a pour le servir qu'une ordonnance à rendre,
On verra le malade après son Testament,
En forme & sans mot dire aller au monument.

LA MARQUISE *au Marquis.*

En vérité, Marquis, cela m'impatiente.

NÉRINE *ironiquement.*

Madame a bien raison de n'être pas contente.

On croque le marmot, & l'on ne finit rien.
Tout ceci me ferait enrager comme un chien.
Il n'en faudrait pas tant pour me mettre en colere,
Et je ferais d'avis que Monfieur le Notaire
A cet agonifant qui lutte avec la mort,
S'en allât griffonner l'important paffeport.

LE NOTAIRE.

J'y cours, il faut céder à mon inquiétude.
Mais vous ferez témoins de mon exactitude.
Sur le préfent Contrat vous pouvez réfléchir.
Dès le premier fignal vous me verrez courir,
Quand vous l'ordonnerez, rien ne peut me diftraire.

NÉRINE *l'accompagnant avec plufieurs révérences précipitées.*

Bien nos civilités à Monfieur le Notaire.

LAFLEUR *empreffé.*

Daignez les excufer, les voici tous les deux.

SCENE III.

LE BARON. LE CHEVALIER. *Les Acteurs de la Scene précédente.*

LE MARQUIS *au Baron qui l'écoute fans fixer perfonne. La Marquife & Zénobie ont les yeux attachés fur le Chevalier qui ne les fixe point.*

MOn Frere, en vérité, vous me rendez honteux,
Vous favez qu'il s'agit d'un point de conféquence.

Le Notaire était là saisi d'impatience ;
Et las d'attendre enfin, il vient de repartir.

LE BARON *surpris.*

Repartir ! aussi-tôt qu'on le fasse venir.
Qui le presse si fort ?

LE CHEVALIER *affectant le surpris.*

Mais, observez, mon pere !

(Il fait remarquer au Baron la Marquise & Zénobie.)

NÉRINE.

Quoi donc ! Y aurait-il ici quelque mystere ?

LE BARON *étonné, au Chevalier.*

Mais que vois-je, mon Fils ?

(Le Baron étonné fait quelques pas en arriere.)

NÉRINE.

Je crois que c'est un sort.

(Tous se regardent avec étonnement.)

LE BARON *plus surpris, fixant Zénobie.*

Mais... ce n'est plus la même, ou je me trompe fort.

(au Marquis.) *(fixant la Marquise & Zénobie.)*

Mon Frere, dites-moi, Mademoiselle est Fille
De Madame ?

LA MARQUISE.

Monsieur, ce grand air de famille
Prouve suffisamment qu'elle nous appartient.
Elle a sur-tout mes traits, tout le monde en convient.

ZÉNOBIE.

Oui, vous êtes ma Mere....

LE BARON *à la Marquise.*

A votre ressemblance,
Je ne puis en douter;... mais de votre présence
Je ne me remets point.

LA MARQUISE.

Pour la premiere fois
Nous paraissons ici, Monsieur, & je vous vois.

LE BARON *au Chevalier.*

Nous sommes donc trompés, mon Fils, serait-ce un songe?

(Tout le monde continue de se fixer avec étonnement.)

LE CHEVALIER.

Mais je ne revois point, mon Pere...

LE BARON *étonné.*

Plus j'y songe,
Moins je puis concevoir....

LE MARQUIS *piqué.*

Expliquons-nous enfin.

LE BARON *à la Marquise.*

Mais, Madame, est-ce vous que j'ai vu ce matin?
(au Chevalier bas.)
Ce n'est point là, mon Fils, l'aimable Zénobie.

LA MARQUISE *piquée.*

Marquis! mais nous donnons ici la Comédie.
Je suis poussée à bout.... Oui, c'est nous insulter.

LE MARQUIS *au Baron.*

Que pensez-vous, mon Frere ?

LE BARON *incertain.*

On ne sait que penser.
Tout ceci n'est pour moi qu'un étonnant mystere,
Une énigme ; il convient d'éclaircir cette affaire.
(à part, fixant Zénobie.)
Mon cœur ne me dit rien.

LA MARQUISE.

Je ne puis y tenir.
(au Marquis.)
Marquis, sortons, je meurs.

LE MARQUIS.

Je n'en puis revenir.
(au Chevalier.) *(au Baron.)*
Mais enfin, mon Neveu. Répondez donc, mon Frere.

(Le Baron & le Chevalier se regardent sans mot dire.)

Cette conduite-là me semble téméraire.
(avec courroux.)
Renoncez à me voir, je vous quitte à jamais ;
Nous saurons par l'oubli nous venger désormais.
Je fais dès ce moment Zénobie hériticre,
Et ma succession lui revient toute entiere.

(Il sort avec la Marquise & Zénobie.)

LE BARON.

Mais, mon Frere, écoutez.

LE MARQUIS.

Partons sans plus tarder.

LE BARON.

Parlez-nous....

LE MARQUIS.

C'en est fait, je ne puis différer
De mon juste projet la fin trop nécessaire.

(Ils sortent. Lafleur suit.)

SCENE IV.

LE BARON. LE CHEVALIER. NÉRINE.

LE BARON.

JE suis enséveli dans un profond mystere.
(parlant de Zénobie, qu'il n'a plus reconnue.)
Ceci sent l'artifice.... Eh, celle du matin
Se montrait autrement.... des graces, un air fin,
Modeste, prévenant, une bouche riante,
Des yeux.... une couleur naïve & ravissante,
Une taille divine.... à ses charmes puissants
Un Prince sans rougir offrirait son encens;
Sur son front je ne sais quelle délicatesse

Annonce de ſon cœur la vertu, la nobleſſe.
Non, je n'y comprends rien... parles-moi, Chevalier

LE CHEVALIER.

Je conviens que le cas eſt un peu ſingulier.

NÉRINE.

Mais ceci m'a tout l'air de quelque ſtratagême.

LE CHEVALIER.

Je ſérais fort tenté de le croire de même.

LE BARON.

Mais ton Oncle ſans doute en ſerait l'inventeur.

LE CHEVALIER.

Sans doute un ſtratagême a toujours un auteur.
Mais cette invention ne part point de ſa tête.

SCENE V.

Les Acteurs précédents, Mde. ALAIN, JEANNETTE *dans leurs habillements ordinaires.* LAFLEUR.

LAFLEUR *empreſſé.*

Meſſieurs, Madame Alain & ſa fille Jeannette
Viennent vous témoigner avec empreſſement
Sur l'hymen d'aujourd'hui leur plus vif ſentiment.

LE BARON *jettant les yeux ſur Jeannette, au Chevalier qui affecte le ſurpris.*

Mes yeux me trompent-ils? Je revois Zénobie.

Remarquez vous, mon Fils, cette grace accomplie ?

LE CHEVALIER, *avec feu.*

Elle est plus belle encor sous cet habillement.

LE BARON.

J'ai toujours soupçonné quelque déguisement.

(*au Chevalier.*)

Votre Oncle à nos dépens voulut se faire rire.

Les masques, quels sont-ils ? qui pourra nous instruire ?

(*se tournant vers la Fermiere, Nérine & Lafleur.*)

Madame Alain sans doute était de ce complot,

Et Nérine & Lafleur sont tout sans dire mot.

(*fixant Jeannette, qu'il croit être Zénobie déguisée.*)

L'on distingue encor mieux sa beauté toute entiere.

Telle qu'elle est ici la Marquise sa mere

L'a vue aussi sans doute.... elle doit l'adorer.

Je ne me lasse point, pour moi, de l'admirer.

(*au Chevalier.*)

Mais après tout, votre Oncle, aurait-il à son âge

Entrepris de pousser plus loin le badinage ?

(*à Lafleur.*)

Le temps presse, Lafleur, il faut les avertir,

Que le Notaire enfin se hâte de venir.

LAFLEUR.

J'y vole de ce pas..... (*Lafleur sort.*)

LE BARON *à Jeannette crue Zénobie.*

Oui, vous êtes ma fille,

Je puis vous adopter au nom de ma famille,
Vous en serez toujours la gloire & l'ornement.

JEANNETE *avec modestie.*

Si vous rendez justice au pur attachement,
Au tendre caractere, à la délicatesse,
A la vive amitié qui pour vous m'intéresse,
Au cœur sur-tout ..... peut-être ai-je pu mériter
Les noms dont à l'instant vous daignez me flatter.

LE BARON.

Vous les méritez tous, mille fois plus encore.....

LE CHEVALIER *avec transport.*

Mon Pere, permettez, que votre fils adore
Celle que votre main lui destine en ce jour....

(Il presse Jeannette dans ses bras.)

LE BARON.

Qu'elle soit pour jamais l'objet de votre amour.

LE CHEVALIER.

Mon Pere, c'est ce cœur que je lui sacrifie.

LE BARON *à Jeannette.*

Oui, vous êtes ma Fille, aimable Zénobie;
De vos divins attraits mon esprit occupé,
Dès le premier abord s'en est senti frappé.

JEANNETTE.

Si mes faibles appas, Monsieur, ont su vous plaire.

LAFLEUR *empressé.*

Je viens accompagné de Monsieur le Notaire;
Il est là....

LE

LE BARON *au Chevalier.*

Mais votre Oncle, eh, quelle est sa fureur ?

(*à Jeannette.*)

Et votre Mere enfin ? (*Le Notaire entre.*)

SCENE VI & derniere.

Les Acteurs de la Scene précédente. LE NOTAIRE.

LE NOTAIRE.

C'Est aveque douleur
Que j'ai tant différé.....

LE BARON *à Jeannette.*

Charmante Zénobie,
Bientôt vous comblerez le bonheur de ma vie.

JEANNETTE.

Si vos bontés pour moi réveillent vos faveurs,
Le préjugé jaloux irrite vos rigueurs.

LE BARON *avec affection.*

Mais vous êtes ma Fille, & je suis votre Pere,
Qui pourrait contre vous exciter ma colere ?
Tout ici vous promet ma tendre affection.
Lisez-vous dans mes yeux quelqu'indignation ?
Vous voyez à quel point le Chevalier vous aime.

JEANNETTE.

Mais.....

LE BARON.

En pere j'ai pu vous l'assurer moi-même,

Quelque crainte, en un mot, qui vous puisse allarmer,
(*montrant le Chevalier.*)
Et ma bouche & son cœur doivent bien la calmer.
Oui, j'exige de vous un nom cher & bien tendre;
De votre bouche enfin que ne puis-je l'entendre ?
Suivie du Marquis votre Mere à l'instant
Viendra nous rassurer par son empressement,
Sur la trop vive allarme & sur l'inquiétude
Dont nous venons de faire une épreuve trop rude.
Que tardent-ils encor ? ou quels jaloux soupçons ?
Enfin, pour différer quelles sont leurs raisons ?
(*A Mde. Alain.*)
Je ne verrai donc point votre fille Jeannette ?
On m'en avait parlé : fine, jeune, propette,
C'est un minois, dit-on, friand & séduisant,
Un cœur tendre & sincere, un esprit pénétrant;
(*fixant le Chevalier.*)
On lui voulait du bien....

LE CHEV. *avec transport aux genoux du Baron.*
Souffrez que je me jette
A vos genoux, mon Pere, & connaissez Jeannette,
Tous ses charmes divins se montrent à vos yeux.

LE BARON *surpris, après quelque silence.*
C'est Jeannette, mon Fils, qu'entends-je, justes Dieux !
Qui l'aurait jamais cru qu'une telle insolence
Devait être le prix de tant de confiance ?

(*Il regarde d'un œil de courroux Nérine & Lafleur, qui n'osent lui répondre ni le fixer.*)

Qui pouvait ſoupçonner tant de témérité,
(*fixant le Chevalier.*)
Abuſer à ce point de ma crédulité ?

LE CHEVALIER, *ſerrant étroitement les genoux de ſon pere.*

Votre bouche à l'inſtant la nomme votre *Fille*,
Vous pouvez l'adopter au nom de la Famille ;
Elle en fait l'ornement ; à ſes charmes puiſſants
Un Prince ſans rougir offrirait ſon encens.
Si je la tiens de vous, j'en fais l'aveu ſincere,
Pour la ſeconde fois vous devenez mon Pere.
Oui, je renais par vous. En comblant mon amour,
Pour la ſeconde fois vous me donnez le jour.
(*il ſe releve.*)

LE BARON.

Qu'entens-je ? qui pourra m'éclaircir ce myſtere ?
(*fixant Jeannette.*)
C'eſt Jeannette, mon Fils, fille de ma Fermiere ?
(*à Mde. Alain.*) (*au Chevalier.*)
Votre fille Jeannette ? Et tu veux l'épouſer ?

LE CHEVALIER *avec transport.*

Et juſques au tombeau ne ceſſer de l'aimer.

LE BARON *à part.*

Mais elle a des appas dignes de Zénobie.
Verrait-on d'agréments & de graces paitrie
(*haut fixant Jeanne.*)
Une fille commune ? Avec un ſi beau ſang

Sans doute on réunit la nobleſſe & le rang.

(*à Mde. Alain.*)

Je ne vois point en elle une fille ordinaire.

Mde. ALAIN.

Monſieur,....

LE BARON.

Pour m'éclaircir je vais trouver mon Frere. (*il veut ſortir.*)

(*à Lafleur.*)

Vas les prévenir, cours.

LAFLEUR.

Mais je les crois partis.

LE CHEVALIER, *montrant Jeannette.*

Mon Pere, en cet objet tous les biens réunis
Peuvent ſeuls me fixer... Ce n'eſt point Zénobie.

Mde. ALAIN.

C'eſt ma fille, Monſieur.

LE BARON *étonné.*

De mon ame ravie
Qui peut s'imaginer l'étrange étonnement?

(*à Nérine montrant Jeannette.*)

Elle qui ce matin, ſous ce déguiſement
S'eſt montrée à mes yeux?

NÉRINE.

Oui, Monſieur.

LE CHEVALIER.

Oui, mon Pere.

LE BARON, *après quelque silence au Chevalier.*

Je ne puis de votre Oncle improuver la colere ;
Je dois de la Marquise essuyer les fureurs ;
Sans m'étonner enfin, voir Zénobie en pleurs.
Quel affront ! quels regrets, pour ses soins quel outrage !
Je prévois contre nous tout l'excès de sa rage.
Un affront si sanglant, un si vif désespoir
Le font enfin résoudre à ne jamais nous voir.
(*après quelque silence.*)
Il arrive de-là qu'une main étrangere
Va cueillir à nos yeux tous les biens de mon Frere.

LE CHEVALIER, *fixant amoureusement Jeannette.*

La mienne cueillira de plus riches trésors....

LE BARON.

Mais du moins essayons de sauver les déhors ;
Laissons-leur entrevoir des lueurs d'espérance
Qui sauraient appaiser les feux de sa vengeance ;
Avec le temps sans doute il pourrait revenir....

NÉRINE.

Monsieur....

LE BARON.

Mais essayons, mon Fils, de prévenir
Le coup que sa main va porter à ta fortune.

LE CHEVALIER.

Je ne m'alarme point d'une perte commune,
Ma constance & mon cœur surmontent ses efforts.

Jeannette, encor un coup, me vaut tous les trésors.

NÉRINE *malicieusement.*

Et nous savons d'ailleurs que le Marquis doit faire
Pour certaines raisons, Zénobie héritiere.

LE CHEVALIER *aux genoux de son pere.*

Ah! si vous consentez, sur un aveu si doux
Je fonde mon bonheur; si je le tiens de vous,
Je le sens doublement. Oui, la tenir d'un Pere,
Permettez-le, grands Dieux! c'est la grace derniere
Que j'aie à demander.... Que de si cheres mains
De Jeannette & d'un fils unissent les destins.

(il se relève.)

Mon cœur veut devoir tout à la vive tendresse
D'un Pere que pour moi l'amour seul intéresse.

LE BARON.

Non, je ne consens point... Cessez de m'attendrir.

LE CHEVALIER, *tirant son épée dont il tourne la pointe sur son cœur.*

Eh bien, qu'à vos genoux vous me voyez mourir.

(tous se jettent sur le Chevalier pour le retenir,)

JEANNETTE *effrayée au Baron.*

D'un amour emporté suspendez la furie,
J'y consens pour jamais qu'il soit à Zénobie.
Cher Chevalier, adieu...

(elle veut sortir, le Chevalier se débarrasse & la retient.)

LE CHEVALIER.

Qui pourrait dignement

Reconnaître, mon Pere, un si grand sentiment?
Un trait si généreux d'amour & de tendresse,
Fait briller à la fois le cœur & la noblesse.
Je vous laisse le choix de voir à vos genoux
Votre fils expirer, ou vivre son Epoux.

NÉRINE *au Baron.*

Si ses jours vous sont chers, si vous l'aimez encore,
Il ne vivra jamais sans l'objet qu'il adore.

LE BARON *à Mde. Alain.*

Ce n'est pas votre fille,... un plus illustre flanc
L'a portée sans doute.....

LE CHEVALIER, *montrant Mde. Alain.*

Issue de son sang
Elle offre à tous les yeux un juste témoignage,
Que du préjugé seul la naissance est l'ouvrage.

LE BARON.

Mais le monde a des loix dont je crains la rigueur.

LE CHEVALIER.

Heureux qui sait porter ses titres dans son cœur,
On lira sur son front la solide noblesse,
On verra dans ses yeux éclater sa richesse;
Toutes ses qualités justifient mon choix,
Et doivent triompher de la rigueur des loix.

LE BARON *incertain.*

Dois-je consentir?

LE CHEVALIER.

Oui: oui: je l'attends d'un Pere.

LE BARON.

Qui m'éclaircira donc ce singulier mystére ?
Je ne découvre ici qu'un abyme profond,
Où l'esprit tout entier se perd & se confond ;
C'est un cahos enfin ; mais, qui saura m'instruire ?

NÉRINE.

Monsieur, vous saurez tout ; hâtons-nous d'introduire
(*montrant le Notaire.*)
Ce Monsieur que voilà dans votre cabinet.

LE NOTAIRE.

Si les cœurs sont d'accord, il faut aller au fait.

LE BARON *au Chevalier.*

Mais, votre Oncle, mon Fils ?

NÉRINE.

Terminons cette affaire.
Le temps peut ralentir la plus vive colere,
Le temps peut tout.....

LE BARON *fixant le Chevalier & Jeannette.*

Eh bien, faites votre bonheur.
Unissez-vous.

LE CHEVALIER *avec transport.*

Vivez autant que notre ardeur.

Mde. ALAIN.

Puisse le juste Ciel prolonger sa carriere ?

LE CHEVALIER *à Jeannette avec transport.*

Je ne puis qu'admirer, vous aimer & me taire.
(*On entre dans le cabinet où le contrat doit être écrit.*)

Fin du troisieme & derniere Acte.

www.ingramcontent.com/pod-product-compliance
Ingram Content Group UK Ltd.
Pitfield, Milton Keynes, MK11 3LW, UK
UKHW022129260726
13993UKWH00003B/1315